______________________ 님께

______________________ 드림

이솝우화
필사

이솝우화 필사

이솝 지음
윤은숙 편역

리즈앤북
ries & book

짧은 이야기에 깊은 지혜를 담다

인간의 삶을 동물들의 이야기에 빗댄 〈이솝우화〉는
입에서 입으로 전해지며 한 가지 사실을 일깨웠다.
지혜는 거창한 철학서로 어렵게 배울 수 있는 것이 아니라,
소박한 이야기 속에서 스며들듯 깨우칠 수 있단 사실을….
이 책의 필사는 거창한 무언가를 목표로 하지 않는다.
그저 한 줄 한줄 천천히 써 내려가며
이야기의 깊이를 손으로 느끼고 마음에 담아
내 안의 소리에 귀기울일 수 있다면
그것으로 충분하다.
욕심을 내려놓고 문장의 리듬에 몸을 맡길 때
이솝의 동물들은 시공간을 뛰어넘어
다시 살아 숨 쉬게 될 것이다.

차 례

프롤로그 5

1장 지혜는 판단이다

여우와 숫염소 10 / 거북이와 독수리 12 / 구두쇠 14 / 농부였던 개미 16
늙은 사자와 여우 18 / 쥐도 새도 아닌 박쥐 20 / 동물의 영혼을 지닌 사람들 22
왕으로 선출된 원숭이 24 / 양치기 소년 26 / 허풍쟁이 28
사자를 본 적이 없는 여우 30 / 어부와 농어 32 / 난파당한 사람 34

2장 온전은 걸작을 낳는다

장미와 아마란투스 38 / 곰과 여우 40 / 황소와 들염소들 42 / 황소들과 굴대 44
마이안드로스 강변의 여우들 46 / 노인과 죽음 48 / 개와 토끼 50
새끼 돼지와 양들 52 / 개미와 쇠똥구리 54 / 여우와 표범 56 / 등불 58
농부의 아들들 60 / 점쟁이 62

3장 길 자체가 정해져 있는 운명

살인자 66 / 전쟁과 오만 68 / 노파와 의사 70 / 섣부른 비둘기의 최후 72
과부와 암탉 74 / 거위와 두루미 76 / 고깃덩어리를 입에 문 개 78
매미와 여우 80 / 다랑어와 돌고래 82 / 겁 많은 사냥꾼 84 / 사기꾼 86

4장 사람은 행하는 쪽으로 마음이 간다

농부와 뱀 90 / 말과 전사 92 / 제우스를 찾아간 당나귀들 94 / 은혜를 모르는 뱀 96
게와 여우 98 / 목자와 양들 100 / 키타라 연주자 102 / 새끼 게와 어미 게 104
암송아지와 황소 106 / 비버 108 / 원숭이와 낙타 110

5장 뇌는 생각으로 시동을 건다

천문학자 114 / 한쪽 눈이 먼 사슴 116 / 갈까마귀와 새들 118 / 해와 개구리들 120
뱀과 게 122 / 사슴 124 / 황소 세 마리와 사자 126 / 노새 128 / 분쟁 130
사자 가죽을 뒤집어 쓴 당나귀 132 / 나그네와 곰 134 / 당나귀와 여우와 사자 136

6장 인생은 마음으로 살아간다

제우스와 여우 140 / 전나무와 가시나무 142 / 개와 달팽이 144 / 북풍과 해 146
개에게 속은 늑대 148 / 소금 나르는 당나귀 150 / 모기와 황소 152
제비와 새들 154 / 여우와 개 156 / 포도밭의 보물 158

7장 생각이 신이다

사슴과 사자굴 162 / 사자와 토끼 164 / 사람의 수명 166 / 독사와 물뱀 168
제우스와 뱀 170 / 과부와 하녀들 172 / 제우스의 선물 174 / 말처럼 우는 솔개 176
털을 깎이던 양 178 / 은혜 갚은 생쥐 180 / 갈까마귀와 까마귀들 182
늑대와 양들 184 / 새 사냥꾼과 코브라 186 / 신전으로 피한 새끼 양 188

8장 인식은 큰마음과 생각의 학문이다

늑대와 목자 192 / 헤르메스와 조각가 194 / 배 부른 늑대와 양 196
낙타와 제우스 198 /사자의 몫 200 / 갈대와 올리브 나무 202 / 파리 204
사자의 왕권 206 / 두 마리의 개 208 / 배와 발 210 /시골 쥐와 도시 쥐 212
벌들과 제우스 214

9장 진리는 순수하다

말과 당나귀 218 / 난파당한 사람과 바다 220 / 가시나무와 박쥐와 갈매기 222
나그네들과 도끼 224 / 사슴과 포도나무 226 / 참말과 거짓말 228 / 행운의 여신 230
신상을 나르는 당나귀 232 / 사슴 부자의 대화 234 / 의사와 병자 236
개미와 비둘기 238 / 뱀의 꼬리와 지체 240 / 두 개의 자루 242 / 처음 본 낙타 244

10장 끝은 운명을 좌우하는 시간

나이팅게일과 제비 248 / 개들과 함께 기른 늑대 250 / 쥐와 개구리 252
당나귀와 수탉과 사자 254 / 벌과 뱀 256 / 토끼와 거북이 258 / 앵무새와 족제비 260
나그네들과 플라타너스 262 / 벌들과 자고새들과 농부 264 / 이웃사촌 개구리 266
멧돼지와 여우 268 / 좋은 것들과 나쁜 것들 270

1장

지혜는 판단이다

여우와 숫염소

목이 마른 숫염소가 우물가에 갔다가 우물 속에 있는 여우를 보고는 왜 거기 있느냐고 물었다. 여우는 매우 만족스러운 얼굴로 우물 맛이 얼마나 좋은지 떠들어댔다. 여우의 꼬임에 넘어간 숫염소는 별 생각 없이 내려가서 갈증을 해소했다.

갈증이 해결되고 나서야 숫염소는 우물에서 올라갈 방법이 없다는 걸 깨달았다. 그때 여우가 말했다.

"나한테 우리 둘 다 여기를 벗어날 수 있는 좋은 방법이 있어. 네가 앞발로 벽을 짚고 뿔을 곧추 세워 봐. 그러면 내가 타고 올라간 후에 너를 끌어 올려줄게."

숫염소는 그 제안을 흔쾌히 받아들였다. 숫염소를 타고 우물에서 빠져나온 여우는 서둘러 그곳을 떠나려 했다. 놀란 숫염소가 약속을 지키지 않는 여우를 꾸짖자 여우가 말했다.

"네게 턱에 난 수염만큼만이라도 지혜가 있었다면 넌 내 말을 듣지 않았을 거야. 올라갈 방법도 없이 어떻게 무턱대고 내려올 수가 있지?"

거북이와 독수리

거북이가 독수리에게 나는 법을 알려 달라고 애원했다.

"너는 천성적으로 날 수가 없어."

독수리가 아무리 말해 주어도 소용이 없었다. 그럴수록 더욱 끈질기게 매달리며 간절히 부탁했다. 더 이상 거절할 수 없어진 독수리는 할 수 없이 거북이를 발톱으로 움켜잡고는 하늘로 날아 올랐다.

거북이가 하늘을 나는 황홀함에 젖어 있을 바로 그 순간, 독수리는 움켜잡고 있던 거북이를 놓아버렸다. 허공에 대고 아무리 팔다리를 버둥거려도 날개가 없는 거북이가 날 수 있을 리 없었다. 결국 거북이는 바위 위에 떨어져 산산조각이 나 버렸다.

구두쇠

단 한 번도 자비를 베푼 적이 없는 유명한 구두쇠가 있었다. 어느 날 그는 전 재산을 금괴로 바꾸어 나무상자에 넣은 뒤 아무도 모르는 장소에 묻었다. 자기 영혼과 마음도 같이 말이다. 그리고 매일 그곳에 가서 금괴가 잘 있는지 확인했다.

그런데 일꾼 중 한 명이 그의 거동을 수상히 여겨 따라가서는 그 광경을 보게 되었다. 결국 일꾼은 밤새 몰래 가서 금괴를 가져가 버렸다. 다음날 금괴가 없어진 것을 알게 된 구두쇠는 머리를 땅에 박으며 하늘을 원망하는 말을 늘어놓았다.

그런 구두쇠의 모습을 본 이웃이 놀라 위로를 하다가 그 이유를 알고 나더니 별일 아니란 듯 말했다.

"그렇게 절망하지 마시오. 어차피 당신은 실제로 금을 사용한 적이 없지 않소. 그러니 돌을 갖다 묻어 두고 금이라고 생각하시오. 그러면 그 돌은 금과 같은 역할을 할 것이오."

농부였던 개미

개미도 예전에는 사람이었다고 한다. 농부였던 개미는 자기가 힘들게 노력해서 얻은 수확물로는 만족할 수가 없었다. 그래서 이웃의 것에도 눈독을 들이며 계속해서 이웃들의 농산물을 훔치곤 했다. 그의 행동에 격분한 제우스는 결국 그를 개미로 바꾸어 버렸다.

개미는 몸은 달라졌어도 사람이었을 때의 성정은 바뀌지 않았다. 그래서 지금도 들판 여기저기를 돌아다니며 남들이 농사지은 것을 자기 것처럼 가져다가 모아 놓는 것이다.

늙은 사자와 여우

이제는 더 이상 사냥을 할 수 없게 된 늙은 사자 한 마리가 있었다. 궁리를 하던 사자는 한 가지 꾀를 생각해 내고 굴속으로 들어가 병든 것처럼 누워 있었다. 병 문안을 온 동물들을 잡아먹기 위해서였다.

이 술책을 알아차린 여우가 사자를 찾아가 굴에서 멀찌감치 떨어진 채 소리쳤다.

"사자님, 여우가 문안을 왔어요. 몸은 좀 어떠냐신가요?"

사자는 안 좋다고 대답하며 왜 굴에는 들어오지 않느냐고 물었다. 그러자 여우가 대답했다.

"보아하니, 들어간 발자국은 보이는데 나온 발자국은 보이지 않아서요. 그걸 못 봤다면 나도 지금쯤 거기 들어가 있겠죠."

쥐도 새도 아닌 박쥐

족제비에게 잡혀 영락없이 죽게 된 박쥐가 살려 달라고 애원하자 족제비가 말했다.

“나는 말이야, 모든 새를 잡아먹도록 태어난 동물이야. 그러니 너를 살려 줄 수는 없지.”

그러자 박쥐는 다급하게 “저는 새가 아니라 쥐랍니다.”라고 말했고, 그제서야 족제비에게서 놓여날 수 있었다.

얼마 지나서 않아 다른 족제비에게 잡히게 된 박쥐는 이번에도 잡아먹지 말라고 사정했다. 이번의 족제비는 자기가 모든 쥐의 적이라고 외쳤다. 이에 박쥐는 다급하게 “나는 쥐가 아니고 새랍니다.”라고 말하며 날개를 펴서 결국 놓여날 수 있었다.

동물의 영혼을 지닌 사람들

제우스는 프로메테우스에게 사람들과 동물들을 만들라고 지시했다. 그런데 프로메테우스가 동물만 지나치게 많이 만든 것을 보고, 제우스는 그중 일부를 사람으로 바꾸라고 명령했다. 프로메테우스는 그 지시대로 행했다.

그리하여 사람의 모습에 동물의 영혼을 지닌 사람들이 생기기 시작했다.

왕으로 선출된 원숭이

동물들이 모두 모인 곳에서 원숭이가 왕으로 선출되었다. 춤을 추워 환심을 샀던 것이다. 시기심이 발동한 여우는 원숭이에게 앙심을 품었다.

그러던 어느 날, 고기가 놓인 덫을 발견한 여우는 그 길로 달려가 원숭이에게 알렸다.

"왕이시여, 제가 보물을 발견하고 왕에게 진상하기 위해 달려왔나이다. 직접 가서 보물을 보시겠습니까?"

원숭이는 그 말에 매우 기뻐하며 달려갔고, 결국 함정에 빠져버렸다. 여우가 자기를 유인한 것을 알게 된 원숭이는 호되게 꾸짖었지만, 여우는 비웃으며 말했다.

"원숭이 이 양반아. 그렇게 멍청하기 짝이 없는 당신이 동물의 왕이 된다는 게 말이 돼?"

양치기 소년

한적한 마을에 양들을 돌보며 살아가는 소년이 있었다. 마을 언덕에서 늘 혼자였던 소년은 무료한 날들을 보내고 있었다.

그러던 어느 날 소년은 마을 사람들을 깜짝 놀려주고 싶은 생각에 마을을 향해 늑대가 왔다고 소리쳤다. 마을 사람들은 소년의 외침을 듣고 놀라서 달려왔지만 늑대는 보이지 않았다. 안도의 한숨과 함께 돌아가는 사람들을 보며 소년은 웃음이 났다.

그렇게 가끔 소년은 무료해지면 늑대들이 왔다고 소리치곤 했고, 헐레벌떡 달려온 마을 사람들은 그때마다 거짓말인 것에 안도하며 돌아가곤 했다.

그러던 어느 날 진짜 늑대들이 나타나 양떼를 공격해 물어 죽이기 시작했다. 소년은 목이 터져라 도와 달라고 외쳤지만 아무도 오지 않았다. 마을 사람들은 이번에도 소년이 거짓말을 하고 있다고 생각했기 때문이다. 결국 소년은 양떼를 모두 잃고 말았다.

허풍쟁이

자국민들로부터 비겁하다는 비난을 받는 5종 경기 선수가 있었다. 그는 자기 나라를 떠나 외국으로 갔다가 얼마 후에 돌아와서는 "여러 나라를 돌아다니며 용감무쌍함을 보여주었다!"고 외쳤다.

로도스에서 멀리뛰기를 할 때의 일이란다. 올림피아 경기에서 우승한 사람 중 그 누구도 해내지 못한 먼 거리를 뛰었다고 마구마구 허풍을 떨어댔다. 그리고는 그 모습을 지켜본 사람이 있으니, 그 사람이 이 나라에 오면 반드시 증인으로 세우겠다고 했다.

그러자 어떤 사람이 그를 향해 소리를 쳤다.

"이봐요. 그 말이 진정 사실이라면 여기서 당장 멀리뛰기를 해보면 될 것 아니오?"

사자를 본 적이 없는 여우

태어나서 한 번도 사자를 본 적이 없는 여우가 어쩌다가 사자와 마주치게 되었다.

처음 보았을 때는 까무라치게 놀라 거의 실신 지경이었다.

두 번째 보았을 때는 무섭기는 했지만 처음처럼 그렇게 놀라지는 않았다.

세 번째로 보았을 때는 용기까지 생기게 되었다. 그리하여 다정히 가서 긴 대화를 나눌 정도의 사이가 되었다.

어부와 농어

어부가 작은 농어 한 마리를 끌어 올렸다. 농어는 자기는 너무 작으니 제발 잡지 말고 놓아 달라고 했다.

"내가 다 자라서 크게 되면 그때 나를 잡으시면 안 될까요? 그렇게만 해주신다면 제가 당신에게 더 큰 것을 줄 수 있습니다."

농부는 헛웃음을 지으며 말했다.

"내가 이미 갖게 된 것을 작다고 포기한다고? 나중에 진짜 내 것이 될지 안 될지도 모르는데 말이야. 네가 더 큰 것을 주겠다고 버린다면 정말 멍청이가 아니겠니?"

난파당한 사람

아테네에 사는 한 부자가 다른 사람들과 함께 배를 타고 여행을 떠났다. 바다 한가운데로 들어섰을 때 갑자기 거센 폭풍이 불어와서 그만 배가 전복되고 말았다.

다른 사람들은 모두 살기 위해 헤엄치기 바빴지만, 이 아테네 사람은 쉴 새 없이 아테네 여신의 이름을 부르며 열심히 기도만 하는 것이었다.

"목숨을 구해 주기만 하시면 제 전 재산을 바치겠습니다."

그러자 함께 난파당한 사람 중 한 명이 그를 향해 소리쳤다.

"신의 이름만 부를 게 아니라 당신의 손을 움직이란 말이오!"

2장

온전은 걸작을 낳는다

장미와 아마란투스

아마란투스가 부러운 듯 장미에게 말했다.

"장미 너는 정말 아름다구나. 그래서 신들에게도 사람들에게도 선망의 대상이 되는 거겠지. 너의 향기와 아름다움이 진심으로 부럽다."

그러자 장미가 말했다.

"나는 사는 날이 아주 짧아. 아무도 나를 꺾지 않아도 나는 금새 시들어버려. 하지만 너는 언제까지고 영원히 꽃을 피우고 있잖아. 너의 그 싱싱함이 더 최고가 아니겠니?"

아마란투스는 '시들지 않는'을 뜻하는 그리스어 '아마란토스'와 꽃을 뜻하는 '안토스'가 합쳐진 것이다.

곰과 여우

"나는 시체를 먹지 않아!"

그러니까 자신은 사람을 사랑하는 거라며 곰이 떠벌렸다.

그 소리를 듣고 있던 여우가 말했다.

"차라리 시체를 먹고 살아 있는 사람을 먹지 말지."

황소와 들염소들

사자에게 쫓기던 황소가 들염소들이 있는 굴속에 들어가게 되었다. 갑지가 들이닥친 황소를 보고 놀란 염소들이 뿔로 치받기 시작했다. 그러자 황소가 말했다.

"지금 너희가 공격하는데도 내가 참는 건 너희들이 두려워서가 아니야. 굴 바깥에 있는 자가 무서워서지."

황소들과 굴대

황소들이 달구지를 끌고 가고 있었다. 달구지 바퀴에 있는 굴대가 삐걱대며 비명을 질렀다. 황소들은 굴대를 쏘아보며 외쳤다.

"야, 짐을 힘들게 끌고 있는 건 우리야. 왜 너희가 그런 죽는 소리를 하는 거지?"

마이안드로스 강변의 여우들

여우들이 물을 마시려고 마이안드로스 강변에 모여들기 시작했다. 강물은 아주 빠르게 흘러가고 있었다. 모두가 서로 먼저 들어가라고 말만 할 뿐, 누구 하나 용기를 내어 강물로 들어가지 못했다. 강물의 위세는 그만큼 강렬했다.

그러던 중 한 여우가 다른 여우들을 향해 비겁하다고 비난하고는 자기가 얼마나 용감한지 보여주겠다며 물속으로 뛰어들었다. 거센 물살에 휩쓸려 강 한복판으로 간 여우를 보며 다른 여우들이 소리쳤다.

"반드시 돌아와야 해! 우리를 그냥 두면 안 돼! 아무 위험 없이 물을 마실 수 있는 입구를 꼭 보여줘야 해!"

그 여우는 떠내려가면서 말했다.

"나는 밀레토스에 가서 신탁을 받을 일이 있네. 지금 거기로 가고 있지. 신탁을 다 받고 나면 자네들에게 와서 그 입구를 반드시 가르쳐줌세."

마이안드로스 강(지금의 멘데레스 강)은 소아시아 남서부 카리아 지방을 흐르는 강으로 굴곡이 심하기로 유명하다. 물줄기가 뱀처럼 구불구불 휘어져 흐르는 사행천蛇行川을 뜻하는 영어 단어 'meander'는 여기서 유래하였다.

노인과 죽음

노인이 나무를 해서 먼 길을 가고 있었다. 길을 가는데 너무 힘이 들자 노인은 그 짐을 내려놓고 죽음을 불렀다.

죽음이 나타나서 왜 자기를 불렀는지 묻자 노인이 말했다.

"짐을 들어서 내 등에 좀 올려주시겠나."

개와 토끼

사냥개가 토끼를 잡았다. 그런데 어느 때는 물고 어느 때는 입군데군데를 핥았다. 그러자 토끼가 강하게 거부하면서 말했다.

"여보세요, 물든지 입을 맞추든지 둘 중에 하나만 하시죠. 적인지 친구인지 분간이 안 되지 않소."

새끼 돼지와 양들

양들 틈새기에서 새끼 돼지 한 마리가 살고 있었다.

어느 날 목자에게 붙잡힌 새끼 돼지는 비명을 지르며 발버둥을 쳤다. 양들은 새끼 돼지가 소란을 피운다고 꾸짖었다.

"얘야, 목자는 우리도 그렇게 붙잡아. 그렇지만 우리는 그렇게 비명을 지르며 야단법석을 피우지는 않아."

그러자 새끼 돼지는 언성을 높였다.

"목자가 너희를 붙잡는 건 털과 젖을 얻으려는 거지만, 나는 잡아먹으려고 하는 거잖아!"

개미와 쇠똥구리

겨울에 먹을 양식을 저장해 놓기 위해 개미가 들판을 누비며 밀과 보리 등을 열심히 모으고 있었다. 다른 동물들은 한가롭게 편안히 지내고 있는데, 열심히 일만 하는 개미를 보고 쇠똥구리는 이상하게 생각하며 야유했다. 그래도 개미는 아랑곳하지 않고 묵묵히 일만 했다.

세찬 눈보라가 치는 겨울이 왔다. 쇠똥이 없어서 심하게 굶주린 쇠똥구리가 개미를 찾아가 먹을 것을 좀 나눠 달라고 애원했다. 그러자 개미가 의기양양하게 말했다.

"내가 열심히 일할 때 너는 이상하게 생각했지? 그렇게 헐뜯지만 말고 너도 일을 했다면 지금처럼 쫄쫄 굶지는 않았을 텐데 말이야."

여우와 표범

여우와 표범이 만나 서로 자기가 아름답다고 언성을 높였다. 표범은 자기 몸이 얼마나 다채롭냐며 뽐을 냈다. 여우는 한마디로 일갈했다.

"너는 겨우 몸만 다채로울 뿐이잖아. 나를 봐. 내 정신을 보라고! 이 마음의 색깔이 얼마나 다채로운지 네 눈엔 안 보이니? 이래서 내가 너보다 훨씬 아름다운 거야."

등불

밝은 빛을 발산하는 등불이 기름을 잔뜩 마시고는 그 위세를 떨치고 있었다. 내가 해보다 훨씬 더 밝다면서 엄청 으스댔다.

하지만 바람이 훅 불자 등불은 바로 꺼져 버렸다. 그때 한 사람이 불을 다시 붙여주면서 말했다.

“잠자코 있지 그래. 당신의 빛으로는 별빛조차 어둡게 할 수 없다는 것을 모르는가!”

농부의 아들들

농부에게는 세 아들이 있었지만 서로 사이 좋게 지내지를 못했다. 수없이 타이르고 설득을 해도 바뀌지 않았다. 농부는 안 되겠다 싶어 행동으로 아들들을 깨우쳐야겠다고 다짐했다.

농부는 아들들에게 막대기를 한 다발 가져오게 했다. 먼저 다발로 묶인 막대기들을 부러뜨려 보라고 했다. 아들들은 온 힘을 다해도 부러뜨릴 수가 없었다. 농부는 다발을 풀고 막대기를 하나씩만 주었다. 아들들은 주어진 막대기를 쉽게 부러뜨릴 수 있었다. 그 모습을 보며 농부가 말했다.

"보아라. 너희도 이 다발처럼 힘을 합하면 적들에게 굴복하지 않을 게야. 하지만 그렇게 싸우기만 하며 지낸다면 쉽게 항복당할 게다."

점쟁이

점을 치고 있는 점쟁이에게 갑자기 누군가 다가와 소리쳤다.

"당신 집의 문들이 다 열려 있습니다. 안에 있는 물건들이 다 없어져 버렸어요."

점쟁이는 혼비백산해서 달려갔다. 그러자 근처에 있던 사람이 말했다.

"다른 사람들에게 일어날 일은 미리 알 수 있다고 그렇게 큰소리 쳤으면서 정작 자신에게 일어날 일은 내다보지 못한 건가?"

3장

길 자체가 정해져 있는 운명

살인자

자신이 죽인 친족에게 쫓기고 있는 살인자가 있었다. 도망을 치던 그는 탁 트인 나일 강변에 이르러 머뭇거리다 반대편에서 늑대가 다가오는 것을 보았다. 겁이 난 살인자는 잽싸게 강변에 있는 나무 위로 올라가 몸을 숨겼다.

늑대가 사라지길 기다리며 나무 밑을 살피는데, 이번에는 큰 뱀이 자기를 향해 기어오르는 것이 보였다. 다급해진 살인자는 앞뒤 살피지 않고 강물 속으로 뛰어들었다. 그러자 강물 속에 있던 악어가 기다렸다는 듯 살인자를 삼켜버렸다.

전쟁과 오만

신들은 제비를 뽑아 결혼했다. 전쟁의 신이 마지막으로 제비를 뽑았는데, 남은 것이라고는 오만뿐이었다.

전쟁의 신은 오만을 열렬히 사랑하게 되었고, 오만이 가는 곳이면 어디든 꼭 따라다녔다.

노파와 의사

눈병이 난 노파가 눈이 나으면 보수를 지불하기로 하고 의사를 불렀다. 의사는 노파의 집으로 가 눈에 연고를 바르고 붕대로 감아주었다. 그렇게 노파를 치료하는 동안 의사는 살림살이들을 하나씩 빼돌렸다. 모든 살림살이를 다 빼돌린 뒤에야 의사는 노인의 눈병을 완전히 치료해 주었다.

의사는 약속한 보수를 달라고 했지만 노파는 이를 거부했다. 의사는 화를 내며 노파를 재판장에 데리고 갔고, 노파는 억울하다는 듯 말했다.

"내가 그에게 보수를 주기로 약속한 것은 맞아요. 하지만 그건 내 눈을 고쳤을 때의 얘기죠. 지금 내 눈 상태는 더 나빠졌단 말이오. 그전에는 집 안의 살림살이가 다 눈에 보였는데, 지금은 하나도 보이지 않으니까요."

섣부른 비둘기의 최후

목이 몹시 마른 비둘기가 물 웅덩이를 찾고 있었다. 그러다 그림 속에 있는 물을 보고 진짜 물로 착각해 앞뒤 가리지 않고 그림을 향해 돌진했다.

결국 날개가 부러져 땅에 떨어진 비둘기는 우연히 그곳을 지나가던 사람에게 붙잡히고 말았다.

과부와 암탉

과부에게는 날마다 알을 하나씩 낳아주는 암탉이 한 마리 있었다. 여느 날처럼 암닭이 낳은 알을 꺼내던 과부는 생각했다.

'아! 모이를 더 많이 주면 알을 두 개씩 낳지 않을까?'

그날 이후 과부는 암닭에게 모이를 더 가득 담아주었다. 그러나 뚱뚱해진 암탉은 하루에 한 번도 알을 낳지 못했다.

거위와 두루미

거위 무리와 두루미 무리가 한 늪지에서 살고 있었는데, 어느 날 사냥꾼이 나타났다.

몸이 가벼운 두루미들은 날아가버렸지만, 몸이 무거운 거위들은 사로잡히고 말았다.

고깃덩어리를 입에 문 개

고깃덩어리를 입에 문 채 강을 건너던 개가 강물에 비친 자신의 그림자를 보았다. 개는 물에 비친 자신을 보며 생각했다.

'뭐야? 나보다 더 큰 고깃덩어리를 물고 있잖아. 저것도 내가 빼앗아야겠어!'

으름장을 놓기 위해 물속의 개를 향해 큰소리로 짖는 순간, 아뿔사! 개는 그만 자기가 물고 있던 고깃덩어리를 물속에 빠뜨리고 말았다.

매미와 여우

매미 한 마리가 나무 위에서 고운 소리로 노래하고 있었다. 그 매미를 잡고 싶었던 여우는 한 가지 꾀를 생각해 내고는 매미를 올려다보며 말했다.

"네 노랫소리가 너무 아름다워 감탄했어. 그렇게 아름답게 노래하는 너를 직접 보고 싶으니까 한번 내려와줄래?"

매미는 여우의 속임수를 눈치채고는 나뭇잎 하나를 아래로 떨어뜨렸다. 여우는 그 나뭇잎을 매미로 착각하고 날름 삼켰다. 그러자 매미가 폭소를 터트렸다.

"내가 내려갈 줄 알았니? 정말 잘못 생각했구나. 네 배설물 속에서 우리의 날개를 본 이후로 너를 얼마나 조심하고 경계해 왔는지 너는 정말 모를 거야."

다랑어와 돌고래

돌고래가 다랑어를 쫓고 있었다. 다랑어는 물살을 가르며 쏜살같이 도망을 쳤다. 막 잡히려는 찰나, 다랑어는 너무 빨리 헤엄을 친 나머지 해변에 널브러지고 말았다. 자신도 의식하지 못한 채 튕겨 오른 것이었다. 돌고래도 마찬가지였다. 전속력으로 쫓았기 때문에 똑같이 해변에 널브러지게 된 것이다.

돌고래가 정신이 아득해지면서 죽어가는 모습을 지켜본 다랑어가 말했다.

“나를 죽음으로 내몰려던 자가 죽어가고 있구나. 저 모습을 보니 내가 죽는 것도 이젠 더 이상 두렵지 않군.”

겁 많은 사냥꾼

사자의 발자국을 찾아다니고 있는 사냥꾼이 나무꾼에게 사자의 발자국을 보았는지 물었다. 그리고는 사자 굴이 어디에 있는지 묻자 나무꾼이 말했다.

“내가 당신에게 진짜 사자를 보여드리겠소.”

이 말을 들은 사냥꾼을 공포에 질려 이를 덜덜 떨며 말했다.

“나는 그저 사자의 발자국을 찾고 있을 뿐이었소. 실제로 사자를 찾는 것은 아니란 말이오.”

사기꾼

병에 걸린 한 남자가 신께 기도를 올렸다.

"신이시여, 제가 다시 일어설 수 있다면 소 백 마리를 제물로 바치겠습니다."

신은 그의 기도를 들어주었고, 그는 다시 일어나 생활할 수 있게 되었다. 그러나 사실 그에게는 소가 한 마리도 없었다. 그는 밀가루로 소 백 마리를 만들어 제단 위에 태우며 말했다.

"신이시여, 제가 기도드린 대로 다 행하였습니다."

신은 그를 응징하기 위해 꿈에 나타나 말했다.

"바닷가로 가거라. 그곳에 가면 1천 드라크메를 발견하게 될 것이다."

잠에서 깬 그는 기뻐하며 바닷가로 쏜살같이 달려갔다. 바닷가에는 마침 해적선이 당도해 있었고, 해적들은 그를 노예로 팔아서 1천 드라크메를 받아 챙겼다.

4장

사람은 행하는 쪽으로 마음이 간다

농부와 뱀

뱀이 농부의 아이를 죽여버렸다. 자식을 묻고 너무나 분하고 원통했던 농부는 도끼를 집어들고 뱀이 드나드는 굴로 갔다. 굴에서 뱀이 나오는 순간 내리칠 생각이었다.

한참을 기다려 드디어 뱀이 머리를 내민 순간 농부는 도끼로 힘껏 내리쳤다. 그러나 뱀을 맞히지 못하고 옆에 있던 바위만 둘로 쪼개버렸다. 후환이 두려워진 농부는 뱀에게 화해를 청했다. 그러자 뱀이 말했다.

"쪼개진 바위를 보시오. 내가 당신을 좋게 생각할 수 있겠소? 당신 역시 당신 아이의 무덤을 보면 나를 절대 좋게 생각할 수 없을 것이오."

말과 전사

한 전사가 전쟁을 치르면서 자신의 말을 아주 지극 정성으로 돌보았다. 자신과 생사고락을 함께하는 동반자로 본 것이다. 그런데 전쟁이 끝나자 달라졌다. 노예같이 고된 일만 시켰다. 무거운 짐만 나르게 하고 먹이도 짚만 주었다.

그러던 중 다시 전쟁이 터졌다. 주인은 완전무장한 후에 말에게 굴레를 씌우고 그 위에 올라탔다. 하지만 말은 힘이 없었다. 계속 넘어지기만 하던 말이 주인에게 겨우 입을 열어 말했다.

"주인님은 이제 가서 중무장 보병이나 하세요. 나를 말에서 당나귀로 바꿔 놓은 건 주인님입니다. 당나귀가 된 나를 이제 와서 말로 쓰려고 하시면 안 되지요."

제우스를 찾아간 당나귀들

당나귀들이 자신들의 고된 신세를 한탄하며 불만을 품고 제우스에게 사절단을 보냈다.

“우리는 언제까지 이렇게 무거운 짐을 싣고 날라야만 하나요? 제발 이 고역에서 벗어나게 해주세요.”

제우스는 그것이 불가능함을 깨우쳐 주고자 말했다.

“너희들이 오줌을 누어 강을 만들면 그 고통에서 벗어날 수 있을 것이다.”

이 말을 진심으로 받아들인 당나귀들은 오늘날까지 빙 둘러서 오줌을 같이 누고 다닌다.

은혜를 모르는 뱀

어느 겨울날, 딱딱하게 얼어붙어버린 뱀을 발견한 농부는 측은한 마음에 뱀을 집으로 데려와 돌보았다. 봄이 되어 따듯해지자 본래의 본성을 되찾은 뱀은 자신의 은인을 물어버렸다.

농부는 죽어가면서 말했다.

"내가 악한 자를 불쌍히 대했으니 당연한 결과지."

게와 여우

게가 바다에서 올라와 어느 바닷가에서 혼자 살게 되었다. 굶주린 여우가 먹잇감을 찾다가 게를 보고는 달려들었다. 여우가 게를 삼키려고 하자 게가 체념한 듯 말했다.

"바다에서만 살던 내가 육지에서 살겠다고 억지로 왔으니 이런 일을 당하는구나."

목자와 양들

한 목자가 양들을 도토리로 뒤덮인 커다란 참나무 숲으로 몰고 들어갔다. 커다란 나무 밑에 외투를 벗어서 가지런히 펼쳐 놓은 그는 나무 위로 올라가 가지를 마구 흔들어댔다. 열매들이 우수수 떨어지기 시작했다.

양들은 도토리를 맛있게 주워먹었다. 흐뭇하게 바라보던 목자는 나무에서 내려왔다. 그런데 이게 무슨 일인가! 양들이 도토리뿐 아니라 그의 외투까지 다 먹어 버린 것이다.

목자는 양들을 향해 크게 소리를 질렀다.

"이 멍청이 같은 놈들아! 다른 사람들에게는 양모를 내주어 입게 하면서, 정작 너희를 길러준 나에게는 외투조차 빼앗아 가는 것이냐?"

키타라 연주자

벽에 회칠한 집 안에서 재능 없는 키타라 연주자가 열심히 노래를 불렀다. 그의 음성이 벽에 부딪혀 공명을 일으켰다.

'어? 나 꽤 잘하는 거 같은데?'

자기 목소리가 꽤나 멋지다고 생각한 그는 한껏 고무되어 극장 무대에까지 서기로 했다. 하지만 정작 무대에 섰을 때는 너무나 형편없는 소리가 나왔다. 어쩌면 당연한 일이었다.

사람들은 그에게 돌을 던졌고, 그는 그 돌을 맞으며 쫓겨났다.

키타라는 리라류Lyres 악기의 일종으로, 고대 그리스 시대에 연주되었던 발현악기이다. 기타, 치터, 시턴, 시톨 등 다양한 현악기 이름의 기원이 된 키타라는 연주법이 까다로웠기 때문에 전문 연주자들만 연주하던 악기였다.

새끼 게와 어미 게

어미 게가 새끼 게를 훈육하고 있었다.

"얘야, 옆으로 걸으면 안 된단다. 축축한 바위에 옆구리를 문질러도 안 돼."

그러자 새끼 게가 말했다.

"엄마, 말로만 그러지 말고, 직접 엄마가 똑바로 걸어 보세요. 그러면 제가 따라할게요."

암송아지와 황소

죽도록 일만 하는 황소를 보고 암송아지가 말했다.

"그렇게 죽도록 고생만 하니 참 안됐구나."

마침 마을에 축제가 열렸다. 사람들은 황소의 멍에를 풀어주고, 암송아지는 신에게 제물로 바치겠다고 잡아갔다. 이를 본 황소가 미소 지으며 암송아지에게 말했다.

"암송아지야, 사람들이 네게 왜 일을 시키지 않았는지 이제 알았지? 너를 번제물燔祭物로 바치려고 그런 거란다."

번제물이란 구약 시대에 제사를 지낼 때 통째로 태워 바치던 동물을 말한다. 현대에는 어떤 일을 위하여 희생되는 사람이나 물건을 비유적으로 이르는 말로 쓰인다.

비버

비버의 생식기는 특별한 병을 치료하는 효능이 있다고 한다. 어느 날부턴가 사람들은 비버를 발견하면 그 생식기를 손에 넣기 위해 쫓곤 했다.

쫓기는 몸이 된 비버는 처음에는 자신을 지키려고 숨차게 달렸지만, 꼼짝없이 잡힐 수밖에 없는 상황에 이르면 스스로 생식기를 잘라 던져 주고 가까스로 목숨을 건진다.

원숭이와 낙타

동물들이 많이 모인 자리에서 원숭이가 분위기를 띄우고자 멋지게 춤을 추었다. 동물들은 원숭이에게 환호를 보내며 기뻐했다.

그 모습을 지켜보던 낙타가 시기심이 발동해 자기도 춤을 추기 시작했다. 하지만 그 모습을 지켜보던 동물들은 낙타에게 오히려 화를 내며 말했다.

“정말 보기 흉하구나. 어떻게 그런 춤을 출 수 있지?”

동물들은 낙타를 몽둥이로 실컷 패고 내쫓아버렸다.

5장

뇌는 생각으로 시동을 건다

천문학자

한 천문학자가 있었다. 그는 밤이 되면 날마다 별들을 관찰하기 위해 밖으로 나갔다.

어느 날 교외로 나간 그는 하늘을 관찰하는 데 온 정신이 팔리는 바람에 그만 우물 속으로 빠져버렸다. 다행히 마침 그곳을 지나가던 사람이 살려달라는 외침을 듣고 천문학자를 구해 주었다.

천문학자가 우물에 빠진 상황을 알게 된 그는 말했다.

"당신은 하늘에 있는 것만 보다가 땅에 있는 것을 미처 보지 못했구려."

한쪽 눈이 먼 사슴

한쪽 눈이 먼 사슴이 바닷가에서 유유히 풀을 뜯어먹고 있었다. 보이지 않는 눈으로는 바다 쪽을 향하고, 온전한 눈으로는 육지 쪽의 경계를 게을리하지 않았다. 사냥꾼이 가까이 오는지 살피기 위함이었다.

하지만 배를 타고 그곳을 지나가던 사람들이 사슴을 발견하고 화살을 쏘는 바람에 사슴은 도망치기도 못하고 그 자리에 쓰러졌다. 사슴은 죽어가면서 중얼거렸다.

"위험하다고 생각해서 육지만 잔뜩 경계했는데, 정작 훨씬 더 위험한 바다는 안전하다고 믿었으니… 나는 정말 한심하기 짝이 없구나."

갈까마귀와 새들

제우스가 모든 새들에게 통보했다.

"가장 아름답고 우아한 새를 왕으로 임명하겠노라."

새들은 저마다 치장을 위해 먼저 강으로 가서 몸울 깨끗이 씻었다. 그 모습을 지켜보던 갈까마귀는 자신의 거무튀튀한 깃털을 보며 한숨을 쉬었다.

'나도 저렇게 아름다운 깃털을 가졌더라면 얼마나 좋았을까.'

그러다 문득 한 가지 꾀를 생각났다. 새들이 모두 사라지자 갈까마귀는 강가로 가서 다른 새들에게서 떨어진 깃털을 모아 자기 몸에 붙이고는 만족스러운 미소를 지었다.

저마다 한껏 멋을 부린 새들 사이에서도 온갖 깃털로 단장한 갈까마귀는 단연 눈에 띄었다. 제우스는 갈까마귀를 새들의 왕으로 임명하려고 했지만, 갈까마귀의 모습을 본 새들은 그에게서 자신의 깃털들을 다 뽑아가 버렸다. 그러자 갈까마귀는 자신의 본래 모습으로 돌아와버렸다.

해와 개구리들

어느 여름에 해가 결혼식을 올렸다. 모든 동물들이 해의 결혼식을 축하하며 기뻐했다. 개구리들도 따라서 좋아했다.

그때 한 개구리가 혀를 끌끌 차며 말했다.

"정말 어리석구나. 해는 혼자인 지금도 저 늪지를 깡그리 말려 버릴 수 있는데, 결혼해서 아이까지 낳아 봐. 우리가 어떤 고통을 겪게 될지 상상도 하기 싫군."

뱀과 게

뱀과 게가 함께 살고 있었다.

게는 뱀에게 친절하고 솔직하게 대했지만, 뱀은 어딘가 늘 꼬여 있었다. 다른 이에게도 교활하고 늘 비뚤어진 마음으로 대했다. 그런 뱀을 보며 게는 언제나 정직하게 살아야 한다고 충고했지만, 뱀은 전혀 듣지 않았다. 뱀의 악행을 더 이상 참을 수 없게 된 게는 뱀이 잠든 틈을 타 목을 잘라 죽여버렸다.

죽어서야 일자로 뻗은 뱀을 본 게가 말했다.

"죽어서야 겨우 곧아졌군. 그래 봤자 무슨 소용이야. 내가 충고했을 때 들었어야지. 그러면 죽지도 않았잖아."

사슴

목이 말랐던 사슴이 샘을 찾아 물을 마시다 물에 비친 자기 그림자를 보게 되었다. 좌우로 뻗은 큰 뿔은 참으로 멋진데 가는 다리가 너무 못마땅했다. 근사한 뿔에 비해 너무 하찮아 보였다.

그때 사자가 나타났다. 놀란 사슴은 정신없이 뛰어 숲으로 들어갔다. 빠른 다리로 사자에게서 멀어진 사슴이 뒤를 살피다 그만 뿔이 나뭇가지에 걸리고 말았다. 더 이상 도망칠 수 없게 된 사슴은 결국 사자에게 붙잡히고 말았다. 꼼짝없이 죽게 된 사슴은 중얼거렸다.

"아, 못 미더웠던 다리 덕분에 살았는데, 자랑스러웠던 뿔 때문에 죽게 되었군."

황소 세 마리와 사자

황소 세 마리가 늘 함께 풀을 뜯어 먹고 살았다.

사자는 황소를 잡아먹고 싶었지만, 황소들이 늘 함께 다니는 통에 기회가 없었다. 사자는 꾀를 내어 황소들을 이간질했다. 세 마리를 완전히 갈라놓은 것이다.

사자의 바람대로 황소들이 각각 따로 있게 되자, 사자는 거리낌없이 한 마리씩 잡아먹어버렸다.

노새

보리를 잔뜩 먹고 몸집이 커진 노새는 뛸 듯이 기뻐하며 크게 외쳐댔다.

“내 아버지는 말이 분명해. 아주 빨리 달리는 말이었을 거라고. 나는 아버지를 쏙 빼닮았지.”

어느 날, 노새는 달리기 경주를 하게 되었다.

노새는 신이 나서 달렸지만, 경주가 끝나자 분노와 실망감으로 얼굴이 일그러졌다. 이 일로 자기 아버지가 당나귀라는 것을 분명하게 알게 되었기 때문이다.

분쟁

헤라클레스가 길을 걷다 땅 위에 사과같이 생긴 것이 보여서 발로 밟자 도리어 두 배로 커졌다. 다시 더 세게 발로 짓밟고 몽둥이로 내리쳤으나, 그 물체는 더 크게 부풀어 올라 아예 길을 막아서 버렸다. 어이가 없어진 헤라클레스가 몽둥이를 든 채 그 물체를 쳐다보고 있을 때 아테네가 나타나서 말했다.

"오라버니, 그만하시지요. 그것은 '분쟁'이라는 겁니다. 건드리지만 않고 가만히 두면 그대로 머물러 있어요. 하지만 싸움을 걸면 이렇게 부풀어 오르게 되어 있지요."

사자 가죽을 뒤집어 쓴 당나귀

사자 가죽을 뒤집어 쓴 당나귀가 숲속 여기저기를 돌아다니며 동물들에게 겁을 주었다. 그러다가 지나가는 여우를 보고 겁을 주기 위해 소리를 내었다.

전에 당나귀 울음소리를 들은 적이 있었던 여우는 놀라기는커녕 오히려 사자 가죽을 뒤집어 쓰고 있는 당나귀에게 다가서며 말했다.

"이봐, 나도 네가 우는 소리를 듣지 못했다면 너를 보고 분명히 겁을 먹었을 거야."

나그네와 곰

함께 길을 가던 두 친구 앞에 거대한 곰이 등장했다. 한 친구는 나무 위로 올라가서 부리나케 숨었지만, 또 다른 친구는 나무 위에 올라가지 못하고 땅바닥에 엎드린 채 숨을 쉬지 않았다. 곰은 시체를 건드리지 않는다던 말이 생각났기 때문이다.

곰은 엎드려 있는 그에게 가까이 다가왔다가는 더 이상 건드리지 않고 떠났다. 곰이 안 보일 때까지 나무 위에 숨어 있던 친구가 내려와서 물었다.

"곰이 네 귀에 대고 뭐라고 하는 거 같던데?"

엎드려 있던 친구가 옷의 흙을 털어내며 대답했다.

"위험할 때 너를 버리고 도망가는 친구와는 같이 다니지 말라고 하던데."

당나귀와 여우와 사자

당나귀와 여우가 힘을 합쳐서 먹이를 구하기로 했다. 그런데 먹이를 구하기도 전에 사자와 맞닥뜨리게 되었다. 위험에 빠진 것을 직감한 여우는 사자에게 다가가 속삭였다.

"저만 살려주신다면 저 덩치 큰 당나귀를 넘기겠습니다."

사자가 흔쾌히 허락하자 여우는 계략을 세워서 당나귀를 함정으로 유인했다. 함정에 빠져 더 이상 도망칠 수 없게 된 당나귀를 본 사자는 여우를 먼저 잡아먹은 다음 당나귀 쪽으로 천천히 걸어갔다.

6장

인생은 마음으로 살아간다

제우스와 여우

영리한데다 아주 민첩하기까지 한 여우를 보고 탄복한 제우스는 여우에게 왕권을 주며 말했다.

"너의 영리함을 믿고 왕의 자리를 맡긴다만, 약삭빠르게 촐싹대는 네 성격을 고치겠다고 약속하거라."

여우는 머리를 조아리며 명심하겠다고 약속했다.

얼마의 시간이 지난 뒤 여우의 행동거지가 바뀌었는지 궁금해진 제우스는 거리를 지나가는 여우의 눈앞에 말똥풍뎅이를 풀어놓았다.

말똥풍뎅이가 주변을 마구마구 날아다니자, 여우는 결국 체통을 지키지 못하고 이리저리 뛰어다니며 말똥풍뎅이를 잡으려고 안간힘을 썼다. 그 모습에 몹시 노여워진 제우스는 여우를 원래의 신분으로 돌려놓았다.

전나무와 가시나무

전나무와 가시나무가 서로 심하게 다투고 있었다.

전나무가 으스대며 말했다.

"내 아름다운 모습을 좀 봐. 장대하고 우람하기도 하지. 나는 신전의 대들보로 쓰일 뿐 아니라 큰 배를 만드는 데도 사용되는 대단한 몸이라고. 그런 나에게 어떻게 너 따위가 맞먹으려고 대드는 거지?"

그러자 가시나무가 냉큼 대답했다.

"너를 베는 도끼와 톱을 생각해 봐. 그럼 아마 너도 내가 되고 싶을걸."

개와 달팽이

달걀만 보면 다 삼켜버리는 개가 있었다.

어느 날 달팽이를 본 개는 달걀이라고 착각하여 입을 크게 벌려 단숨에 꿀꺽 삼켜버렸다. 여느 때와 달리 속이 묵직해지면서 쓰렸다. 그제서자 개는 자기가 삼킨 것이 달걀이 아니라는 것을 깨닫고 고통스러워하며 말했다.

"동그랗게 생긴 것은 다 달걀이라고 믿다니…. 내가 너무 어리석었구나."

북풍과 해

북풍과 해가 우열을 가릴 수 없는 서로의 힘을 자랑하고 있었다. 그러다 마침 지나가는 나그네를 발견하고는, 나그네의 외투를 먼저 벗기는 이가 힘이 세다는 것을 인정하기로 했다.

먼저 북풍이 자신만만하게 나섰다.

북풍은 나그네의 옷을 벗기려고 거세게 바람을 불어댔지만 나그네는 몸을 움츠리며 외투를 여몄다. 아무리 거세게 공격을 해도 나그네는 더욱 몸을 작게 말며 외투를 여밀 뿐이었다.

이번에는 해가 나섰다.

해가 따듯하게 내리쬐자 나그네는 몸을 펴고 하늘을 바라보았다. 더 따가운 햇볕을 내리쬐기 시작하자 외투의 단추를 풀고, 마침내는 외투를 벗어 손에 들고는 땀을 닦았다.

그 모습을 보고 있던 북풍은 슬그머니 사라져버렸다.

개에게 속은 늑대

초가집 앞에서 개가 엎드려서 자고 있었다. 늑대가 달려들어 잡아먹으려고 하자 개가 간청했다.

"지금은 내가 호리호리하니 맛이 없어요. 며칠 뒤 주인집에 결혼식이 있으니 좋은 것을 많이 먹고 살을 찌울게요. 그러면 아주 맛깔나질 거예요. 그때 다시 오세요."

늑대는 그 말만 철석같이 믿고 개를 놓아주었다.

며칠 후 늑대가 다시 돌아왔을 때, 개는 높은 지붕 위에서 자고 있었다. 지붕을 올려다보며 늑대가 지난번 약속을 지키라고 말하자 개는 어림없다는 듯 말했다.

"앞으로는 집 앞에서 엎드려 자고 있는 개를 보거든 결혼식 때까지 기다려 주는 일은 절대 하지 마세요."

소금 나르는 당나귀

소금 가마니를 짊어진 당나귀가 다리를 건너다가 그만 미끄러져서 강에 빠지고 말았다. 놀라서 벌떡 일어서는데 가뿐히 일어설 수 있었다. 소금이 강물에 다 녹아버렸기 때문이었다. 훨씬 가벼워진 짐 덕분에 당나귀는 기분이 매우 좋았다.

얼마 후 이번에는 솜이 든 자루를 양쪽에 짊어진 당나귀가 다시 그 강가에 도착했다. 지난번처럼 무겁지는 않았지만 자루가 자꾸 옆구리를 쳐서 불편했던 탓에 이번에는 꾀를 내어 의도적으로 미끄러졌다.

'그때처럼 강물에 빠지면 더 가볍게 일어설 수 있을 거야.'

그런데 이번에는 솜이 물을 잔뜩 머금고 말았다. 더 이상 일어설 수도 없었던 당나귀는 그만 물에 빠져 죽고 말았다.

모기와 황소

모기가 황소의 뿔 위에 내려앉아 있었다. 꽤 긴 시간을 그러고 있다가 떠나려고 할 때 물었다.

"내가 떠나도 괜찮겠어?"

그러자 황소는 웃으면서 말했다.

"나는 네가 온 줄도 몰랐는걸? 네가 떠난다 해도 나는 아무 상관이 없어."

제비와 새들

겨우살이가 자라나기 시작했다. 제비는 새들에게 곧 위험이 닥친다는 것을 알게 되자 모든 새들을 불러놓고 말했다.

"참나무에서 겨우살이를 떼어내야 해. 아니면 사람들을 찾아가서 새들을 잡는 데 겨우살이에서 나오는 끈끈이를 쓰지 말아 달라고 사정을 이야기해야 해."

다른 새들은 모두 미친 소리라고 하면서 제비를 엄청 비웃었다. 제비는 홀로 사람들을 찾아가 통곡하며 애원했다. 사람들은 제비가 얼마나 지혜로운지를 알게 되어 함께 살 수 있게 해주었다. 이렇게 해서 다른 새들은 다 잡아먹혔지만 제비만은 사람들 틈에서 둥지를 트고 안락하게 살아갈 수 있게 되었다.

여우와 개

새끼 양들이 가득한 우리에 여우가 들어왔다. 여우는 그중 한 마리를 들어올려서 끌어안고 예쁘다며 쓰다듬는 척을 했다. 개가 여우에게 도대체 뭐 하는 짓이냐고 물었다. 여우는 말했다.

"모르겠어? 지금 어린 양을 돌보며 놀아주고 있잖아."

그러자 개는 헛웃음을 지으며 말했다.

"당장 내려놓지 못하겠어? 안 그러면 개가 놀아주는 게 어떤 건지 확실히 보여주지!"

포도밭의 보물

한평생 포도밭을 가꾸며 살아온 농부가 있었다. 그는 자기가 죽고 나면 아들들이 어떻게 지낼지, 정말 농사를 잘 지을 수 있을지 걱정이 되었다. 그는 아들들을 불러놓고 말했다.

"얘들아, 내가 얼마 안 있으면 세상을 떠날 것 같구나. 내가 죽으면 포도밭에 감춰 둔 것들을 모두 찾아내거라."

아들들은 포도밭 어딘가에 보물이 묻혀 있다고 생각해서 부지런히 모든 땅을 갈아엎기 시작했다. 몇날 며칠을 매달렸지만 결국 보물은 발견되지 않았다. 그러나 땅을 잘 갈아놓은 덕분에 이듬해 몇 배나 더 많은 포도를 수확할 수 있었다. 아들들은 비로소 아버지의 뜻을 알게 되었다.

7장

생각이 신이다

사슴과 사자굴

사냥꾼에게 쫓기던 사슴이 동굴을 발견하고는 부리나케 그 안으로 들어갔다. 그곳이 사자굴이라는 걸 모른 채 안으로 들어가 숨은 것이다. 사자에게 잡아먹히면서 사슴은 말했다.

"정말 지지리도 운이 없네. 사람을 피해 도망치다가 이런 짐승의 손아귀에 걸려들다니."

사자와 토끼

자고 있던 토끼 한 마리를 발견한 사자는 잡아먹으려고 달려들다가 근처에 사슴이 지나가는 것을 보게 되었다. 사자는 잠자는 토끼는 그냥 두고 사슴을 뒤쫓기 시작했다. 그 사이에 토끼는 사슴이 놀라 도망치는 소리에 깨어 줄행랑을 쳤다.

사자는 사슴을 쫓아 힘껏 달려갔지만 결국 놓치고 말았다. 할 수 없이 토끼가 있는 곳으로 다시 돌아왔지만 토끼는 이미 도망을 친 후였다.

“내 손에 들어온 먹잇감을 놓쳐버리다니…. 불확실한 것을 쫓아 괜한 힘만 뺐구나.”

사람의 수명

제우스는 사람에게 아주 짧은 수명을 주었다고 한다.

사람은 짧은 수명에도 불구하고 다른 동물들과 달리 집을 지었다. 겨울이 되어 추위가 심해지자, 더 이상 버티기 힘들었던 말이 허겁지겁 달려와 자기도 집에 들여보내 달라고 애원했다. 사람은 말에게 수명의 일부를 주면 집에 들어오는 것을 허락해 주겠다고 말했다. 말은 흔쾌히 자기 수명의 일부를 내주었다.

얼마 지나지 않아 이번에는 소가 찾아와 집에 들여보내 달라고 빌었다. 이번에도 사람은 소의 수명의 일부를 받고 집으로 들였다. 마지막으로 개도 추위에 떨며 사람을 찾아왔고, 역시 수명의 일부를 주고 사람에게서 피난처를 제공받을 수 있었다.

그리하여 사람은 제우스가 준 수명으로 살아가는 동안에는 착하고 순수하게 살지만, 말에게 받은 수명으로 살 때는 큰소리치고 허세를 부리며, 소에게 받은 수명으로는 위풍당당하게 살며, 개에게 받은 수명으로 살 때는 걸핏하면 화를 내고 짖어댄다.

독사와 물뱀

독사는 늘 늪으로 가서 물을 마셨다. 늪에 살던 물뱀은 독사가 자신의 생활 터전에 침범해 오는 게 영 못마땅했다. 결국 물뱀은 그를 막아섰고, 그 대립은 점점 심해졌다. 그러다 둘은 합의를 보게 되었는데, 서로 싸워 이기는 쪽이 물과 육지를 모두 자기 터전으로 쓰자는 것이었다.

드디어 날짜가 정해졌다. 물뱀을 미워하던 개구리들은 독사를 찾아가 힘을 보태겠다고 약속했다. 독사는 의기양양해졌다. 물뱀과 독사가 목숨을 걸고 싸우는 동안, 개구리들은 큰소리로 울어대는 것 말고는 달리 할 수 있는 일이 없었다.

싸움에서 이긴 독사가 개구리들을 찾아가 비난했다.

"내 편이 되어 함께 싸워주겠다더니 노래만 부르고 있었군."

그러자 개구리들이 독사에게 대들었다.

"우리가 이 목소리로만 도울 수 있다는 것을 일찌감치 알았어야죠."

제우스와 뱀

제우스가 결혼을 하자 모든 동물들이 성심껏 선물을 준비해서 가져왔다. 뱀은 입에 장미를 물고 서서히 기어왔다. 그런 뱀을 본 제우스가 말했다.

"다른 동물들의 선물을 다 받겠지만, 네 입에서 나오는 것만은 절대 받지 않겠다."

과부와 하녀들

무척 부지런한 과부가 있었다. 그녀는 수탉이 우는 소리가 들리면 하녀들을 깨워 일하게 했다. 수탉 때문에 자기들이 힘들어진다고 생각한 하녀들은 집에 있는 수탉들을 모두 목 졸라 죽이기로 작당했다.

그러나 정작 수탉이 없어지자 하녀들은 더 큰 곤경에 처하게 되었다. 수탉이 우는 시간을 알지 못하게 된 과부가 한밤중에 일어나 하녀들에게 일을 시켰기 때문이다.

제우스의 선물

제우스가 짐승들을 만들며 어떤 것에게는 힘을, 어떤 것에게는 날개를, 어떤 것에게는 민첩함을 선물로 주었다. 그러자 벌거벗은 채로 서 있던 인간이 말했다.

"다른 짐승들에게는 다 선물을 주시면서 왜 저에게만 아무것도 주지 않으십니까?"

그 말에 제우스가 대답했다.

"너는 가장 큰 선물을 받았는데도 알지 못하는구나. 너에게는 말[言]을 주지 않았느냐. 말은 신에게도 힘을 행사할 수 있고, 사람들에게도 힘을 행사할 수 있다. 그 무엇보다도 더 힘있고, 그 무엇보다도 훨씬 빠르지."

그제야 인간은 신이 자기에게 준 선물이 무엇인지 깨달았다.

말처럼 우는 솔개

솔개는 지금과는 달리 아주 날카로운 소리로 울었다고 한다.

어느 날 우연히 솔개는 말이 우는 소리를 듣게 되었다. 그 울음소리가 너무 멋있게 들려 자기도 그렇게 울고 싶다고 생각했다. 솔개는 열심히 말을 따라 울어 보았지만 그 소리를 완벽하게 배울 수는 없었다. 설상가상으로 자기의 원래 울음소리마저 잊어버리고 말았다.

그때부터 솔개의 울음소리는 말의 것도 아니고 원래 자신의 것도 아닌 게 되어버렸다.

털을 깎이던 양

양의 털을 깎고 있는 사람 솜씨가 영 서툴렀다. 묵묵히 있던 양이 더 이상 참을 수 없다는 듯이 말했다.

"원하는 게 대체 뭡니까? 양털을 원하는 거라면 좀 더 위로 해서 깎아주시지요. 양털이 아니고 내 고기를 원하십니까? 그러면 그냥 단칼에 나를 죽여주세요. 언제까지 이렇게 계속 고문만 할 셈입니까?"

은혜 갚은 생쥐

잠을 자고 있는 사자 위를 생쥐가 뛰어다니고 있었다. 귀찮아진 사자는 당장 생쥐를 잡아서 먹어 치우려고 하자, 생쥐는 자기를 살려주면 은혜를 갚겠다고 했다. 사자는 어이가 없어서 웃었지만, 그 당돌함에 생쥐를 보내주었다.

얼마 지나지 않아서 사자가 사냥꾼들에게 잡혀 나무에 밧줄로 묶이게 되었다. 사자의 신음소리를 듣고 부리나케 달려온 생쥐는 밧줄을 이로 갉아서 풀어주고는 말했다.

"당신은 나 같은 게 무슨 은혜를 갚을 수 있을까 싶었겠죠. 당신에게는 비록 볼품없이 보이겠지만, 이렇게 내가 할 수 있는 일이 있답니다."

갈까마귀와 까마귀들

여느 갈까마귀들보다 몸집이 훨씬 큰 갈까마귀가 있었다. 그는 동족들을 경멸하면서 까마귀들을 찾아갔다.

"나는 당신들과 사는 것이 어울리니 받아주시오."

하지만 까마귀들은 그의 목소리와 생김새를 이상하게 여기면서 몰매질을 하여 멀리 쫓아버렸다. 그들에게 쫓겨난 갈까마귀는 동족들에게 다시 돌아갔다. 갈까마귀들은 그의 오만함에 격분하여 받아주지 않았다.

갈까마귀는 결국 어느 쪽과도 함께 살 수 없게 되었다.

늑대와 양들

늑대들이 양떼들을 공격할 계획을 세우는데, 아무래도 양들을 지키고 있는 개들이 방해가 될 수밖에 없었다. 이 일에 성공하려면 책략을 세워야만 했다. 늑대들은 양들에게 개들을 자신들에게 넘겨 달라고 사절단을 보냈다.

"우리가 서로 적대시 하는 원인은 개들에게 있으니, 그 개들만 넘겨 준다면 평화로운 관계가 이루어질 겁니다."

양들은 앞으로 일어날 일을 전혀 예감하지 못한 채 개들을 넘겨 주고 말았다. 그러자 늑대들은 아주 쉽게 양들을 차지해서 모조리 다 죽여버렸다.

새 사냥꾼과 코브라

새 사냥꾼이 끈끈이와 끈끈이를 바른 장대를 들고 사냥을 하러 갔다. 지빠귀가 높은 나무 위에 앉아 있었다.

'저거다. 저 새를 잡아야겠어.'

사냥꾼은 끈끈이를 바른 장대들을 이어 붙여 길게 만들고는 지빠귀를 유심히 쳐다보며 기회를 살폈다.

그러다가 사냥꾼은 그만 잠자던 코브라를 밟아버리고 말았다. 코브라는 즉시 머리를 돌려 그를 확 물어버렸다. 새 사냥꾼은 죽어 가면서 중얼거렸다.

"새 사냥을 하려다가 내가 도리어 죽음을 당하는군. 내 신세가 이리 될 줄은 생각도 못했네."

신전으로 피한 새끼 양

늑대에게 쫓기던 새끼 양은 신전 안으로 숨어들었다. 그 모습을 본 늑대가 새끼 양에게 소리쳤다.

“제관에게 붙잡히면 제물로 바쳐지게 될 거야. 그러니 어서 나오려므나.”

새끼 양이 말했다.

“늑대에게 잡혀 먹이가 되는 것보다는 신의 제물이 되는 게 더 낫지 않을까?”

8장

인식은 큰마음과 생각의 학문이다

늑대와 목자

늑대가 양떼를 졸졸 따라다녔다. 그저 따라만 다닐뿐 아무런 해를 가하지 않았다. 처음에는 늑대를 적으로 생각하여 단단히 경계를 했던 목자도 늑대가 따라다니기만 하고 양을 해치려는 기미가 전혀 보이지 않자 마음이 느슨해졌다.

'저 늑대는 오히려 양을 보호해 주려고 하는구나.'

그렇게 생각한 목자는 어느 날 읍내로 가야 할 사정이 생기자 늑대에게 양들을 맡기고는 길을 떠났다.

기회를 잡은 늑대는 양들을 공격해서 모조리 다 죽여버렸다. 읍내에서 돌아온 목자는 양떼가 죽은 것을 목격하고는 말했다.

"저런 늑대를 믿고 양들을 맡긴 내가 미친 거야."

헤르메스와 조각가

'나는 사람들에게 얼마나 공경을 받고 있을까?'

헤르메스는 그것이 알고 싶어서 사람으로 변장하고는 조각가의 작업장으로 갔다. 제우스의 신상神像을 보고는 얼마냐고 묻자 조각가는 1드라크메라고 답했다. 헤르메스는 설핏 웃으면서 헤라의 신상은 얼마인지 물었다. 조각가는 더 비싸다고 말했다.

헤르메스는 자신의 신상을 보았다.

"그럼 이것은 얼마요?"

헤르메스는 자신이 사람들에게 이익을 주는 전령이므로 훨씬 더 대단하게 여길 거라고 생각했다. 조각가는 대답했다.

"앞서 물어보신 신상들을 사신다면 이것은 덤으로 드리지요."

배 부른 늑대와 양

실컷 먹고 배가 불룩 올라온 늑대가 양이 땅 위에 쓰러져 있는 것을 발견했다. 늑대는 양이 자기를 보고 겁이 나서 넘어진 것을 알았다. 그래서 다가가 안심시키면서 자기에게 참된 말 세 가지를 하면 그냥 보내주겠다고 했다.

양은 첫 번째로 늑대를 안 만났으면 좋겠다고 했다. 두 번째로는 늑대의 눈이 멀었으면 좋겠다고 했다. 그리고 세 번째로는 늑대들이 모조리 다 죽어버렸으면 좋겠다고 말했다.

그러자 늑대는 양이 진실로 속엣말을 했음을 인정하고 양을 그냥 보내주었다.

낙타와 제우스

황소가 자신의 멋진 뿔을 자랑하고 있었다. 그 모습을 본 낙타는 너무 부러워서 제우스에게 가서 자기에게도 황소와 같은 뿔을 달라고 사정했다.

몸집도 크고 힘도 센 낙타가 스스의 모습에 만족하지 못하고 지나치게 욕심을 내고 있었다. 제우스는 그런 낙타가 몹시 괘씸하였다. 그리하여 낙타에게 뿔을 달아주기는커녕 낙타의 귀 일부도 없애버렸다.

사자의 몫

사자와 당나귀와 여우가 같이 사냥을 하기로 했다. 사냥이 끝난 후 사자는 당나귀에게 사냥감들을 나누라고 시켰다. 당나귀는 똑같이 세 몫으로 나눈 후에 사자에게 골라 가지라고 했다. 사자는 그 자리에서 당나귀를 덮쳐 먹어버리고는 여우에게 다시 몫을 나누라고 했다.

여우는 자기 몫으로는 조금만 남겨 두고, 셋이 잡은 동물을 한 몫으로 만든 다음 사자에게 가지라고 했다.

"어떻게 이런 식으로 나눌 수 있었지?"

사자가 매우 만족스러워하며 묻자 여우가 답했다.

"당나귀가 당한 불행을 보고 알았습니다."

갈대와 올리브 나무

갈대와 올리브 나무가 의연함과 강함, 인내심에 대해 이야기를 나누고 있었다. 그러다 갑자기 올리브 나무가 갈대를 마구 비난하기 시작했다.

"갈대 너는 바람이 조금이라도 불라치면 아무 힘도 없이 쉽게 굽히고 말잖아."

갈대는 침묵을 지키며 아무 대꾸도 하지 않았다.

조금 후에 바람이 거세게 몰아닥쳤다. 갈대는 이리저리 흔들리고 굽히면서 바람에서 쉽게 벗어날 수 있었다. 하지만 올리브 나무는 바람에 저항하다가 끝내 부러지고 말았다.

파리

맛있는 냄새에 이끌려 고기를 삶고 있는 토기 위를 빙빙 돌고 있던 파리가 그만 토기 속에 빠져버리고 말았다. 파리는 그 푸짐한 고기 국물 속에서 죽어가며 말했다.

"먹고 마시고 목욕까지 했으니, 나는 이제 죽는다 해도 여한이 없네!"

사자의 왕권

사자가 왕이 되어 동물들을 다스리게 되었다. 사납고 난폭한 모습은 어디에도 없이, 그야말로 점잖고 정의롭게 동물들을 대하고 약한 자를 보호해 주었다.

동물들은 한데 모여 회의를 하기 시작했다. 개와 토끼, 호랑이와 사슴, 표범과 영양, 늑대와 양이 사이 좋게 지내자는 협약을 맺었다. 그때 토끼가 웃으면서 말했다.

"힘없는 동물들이 힘센 동물들로부터 존중받는 날이 오기를 얼마나 기다렸는지 모른다오."

두 마리의 개

두 마리의 개가 한 집에 살고 있었다. 주인은 한 마리에게는 사냥을 가르치고, 다른 한 마리는 집을 지키게 하였다. 사냥개는 사냥을 나가서 뭔가를 꼭 잡아왔다. 그러면 주인은 그중 일부를 집을 지키는 개에게도 던져주었다.

"매번 밖에 나가서 고생하는 건 난데, 아무것도 하지 않는 집 지키는 개가 맛있게 먹어 치우는군."

사냥개가 투덜거리자 집 지키는 개가 말했다.

"불평은 내가 아니라 주인에게 해야지. 그렇게 살라고 가르친 건 바로 주인이거든."

배와 발

배와 발이 누가 더 힘이 센가 핏대를 세우며 싸우고 있었다.

발은 자기가 배를 운반하니 자기가 힘이 더 세다고 소리쳤다.

그러자 배가 대답했다.

"과연 그럴까? 내가 당신에게 영양분을 공급하지 않는다면 자네는 아무것도 운반할 수가 없어."

시골 쥐와 도시 쥐

도시 쥐를 초대한 시골 쥐는 밀과 보리 등 맛있는 곡식을 자랑스럽게 내놓았다. 그걸 보고 도시 쥐는 말했다.

"겨우 개미 같은 삶을 살고 있군 그래. 내가 사는 곳은 다양한 음식들이 얼마나 많은데. 가서 나와 함께 맘껏 먹고 즐기자고."

두 친구는 바로 길을 떠났다. 도시 쥐는 시골 쥐에게 갖가지 음식을 보여주었다. 세상에, 이런 음식들이 있다니! 시골 쥐는 자신의 신세가 초라하게 느껴졌다.

둘이 막 식사를 하려고 할 때 누군가 문을 벌컥 열고 들어왔다. 두 쥐는 놀라 쏜살같이 틈새로 뛰어들어갔다. 말린 무화과를 먹으려고 할 때도 역시 누군가가 들어오는 바람에 다시 쥐구멍으로 재빠르게 도망쳐야 했다. 몇 번이나 같은 일을 겪자 시골 쥐는 그렇게 맛있어 보이던 음식에도 흥미가 없어졌다.

"나는 고향으로 가겠네. 매 순간 이런 위험과 두려움에 떨면서 배 터지게 먹으면 뭐하나. 차라리 보리 따위를 먹을지라도 나는 맘 편히 살아야겠네. 잘 있게."

벌들과 제우스

힘들게 꿀을 모아 놓으면 사람들이 다 차지해 버리는 게 벌들은 영 못마땅했다. 벌들은 회의 끝에 제우스에게 가서 사람들을 찌를 수 있게 침을 달라고 요구했다.

제우스는 벌들의 요구가 터무니없다고 생각했지만, 결국 벌들에게 침을 주긴 했다. 대신 그 침으로 찌를 때마다 자기도 목숨을 잃게 만들어버렸다.

9장

진리는 순수하다

말과 당나귀

말과 당나귀가 나란히 길을 가고 있었다. 주인은 말을 소중히 여겨 말에게는 아무 짐도 지우지 않았다. 혼자 짐을 지고 가던 당나귀가 말에게 사정을 했다.

“내가 너무 힘이 들어서 그런데, 자네가 내 짐을 조금만 들어주지 않겠나?”

그러나 말은 그의 간절한 부탁을 거절했다. 결국 당나귀는 지쳐 쓰러져 죽고 말았다.

그러자 주인은 말에게 모든 짐을 지게 했다. 거기에 죽은 당나귀에게서 벗겨 낸 가죽까지 얹었다. 그러자 말은 울먹이면서 중얼거렸다.

“한심하기 짝이 없구나. 작은 짐도 안 지려다가 오히려 모든 짐을 혼자 다 짊어지게 되다니. 처음부터 당나귀의 부탁을 들어주었다면 이런 일도 없었을 텐데….”

난파당한 사람과 바다

난파를 당한 사람이 해변에 내팽개쳐진 채로 기진맥진해서 잠이 들었다. 한참이 지나 잠에서 깨어난 그는 바다를 보고 꾸짖기 시작했다.

"따듯한 품속으로 어서 오라고 사람들을 유혹할 때는 언제고, 갑자기 거칠고 사나워져서 우리를 죽이려고 해?"

그러자 여자의 모습을 한 바다가 나타났다.

"이봐요. 나는 잘못이 없어요. 바람을 나무라셔야지요. 당신이 지금 보고 있는 모습이 원래의 나입니다. 바람이 마구잡이로 나를 덮치고 있잖아요. 온통 거친 파도를 만들어 이 세상을 시끄럽게 하고 있잖아요."

가시나무와 박쥐와 갈매기

가시나무와 박쥐와 갈매기가 동업을 하기로 했다. 가시나무는 옷감을 가지고 왔고, 박쥐는 돈을 꿔서 사업 자금을 마련했으며, 갈매기는 청동을 들고 왔다. 사업을 위해 배를 타고 떠난 그들은 거센 폭풍우을 만나 모든 것을 다 잃어버리고, 겨우 목숨만 건져서 육지에 도착했다.

이후 가시나무는 자기 옷감을 어딘가에서 찾을 거라는 생각에 지나다니는 사람들의 옷에 들러붙어 살게 되었다.

박쥐는 빚쟁이들을 만날까 봐 낮에는 두려워 모습을 드러내지 않고 밤에만 먹이를 구하러 다니게 되었다.

갈매기는 자신이 잃어버린 청동을 누군가가 던져줄지도 모른다고 생각해서 언제나 바닷가를 맴돌며 살게 되었다.

나그네들과 도끼

두 사람이 길을 가고 있었다. 그중 한 사람이 도끼를 발견했다. 그러자 다른 한 사람이 "우리가 도끼를 발견했군 그려." 했다. 그러자 도끼를 먼저 발견한 사람이 말했다.

"이보게, '우리가 발견했네'라고 하지 말고 '자네가 발견했네'라고 해야지."

얼마 지나지 않아 두 사람은 도끼를 잃어버린 사람과 맞닥뜨리게 되었고, 자기의 것을 훔쳤다고 생각한 그들에게 쫓기는 신세가 되었다. 그러자 도끼를 갖고 있던 사람이 말했다.

"이런, 우린 이제 망했군."

그러자 듣고 있던 사람이 충고했다.

"아니지, '우리는 망했네'가 아니라 '나는 망했네'라고 해야 하지 않겠나? 자네는 도끼를 발견했을 때 나와 같이할 생각이 없지 않았는가?"

사슴과 포도나무

사냥꾼들에게 쫓기던 사슴이 서둘러 포도나무 아래 몸을 숨겼다. 완벽하게 숨었다고 안심한 사슴은 사냥꾼이 지나가기가 무섭게 포도나무 잎을 어기적어기적 먹어 치우기 시작했다. 그 바람에 잎이 흔들리며 소리를 냈다.

사슴을 놓치고 돌아가던 사냥꾼들이 흔들리는 포도나무를 발견하고는 그 아래에 뭔가가 숨어 있단 사실을 눈치챘다. 사냥꾼들은 포도나무 사이로 활을 쏘았고, 결국 사슴은 화살에 맞아 쓰러지고 말았다.

참말과 거짓말

혼자 고개를 숙이고 침울하게 서 있는 한 여자에게 길을 가던 나그네가 물었다. 사람들의 발길이 드문 정말 외진 곳이었다.

"당신은 누구신가요?"

여자는 대답했다.

"나는 참말이에요."

나그네가 다시 물었다.

"무슨 연유로 이런 곳에서 혼자 사는 겁니까?"

그러자 여자는 대답했다.

"전에는 거짓말이 아주 소수의 사람들과 같이 있었어요. 그런데 지금은 모든 사람들과 함께 있지요. 누군가가 말을 할 때는 거짓말이 함께 있어요. 누군가의 말을 들어 보면 반드시 거짓말이 거기 있답니다."

행운의 여신

오랜 여행에 지친 나그네가 우물 옆에 쓰러져서 잠이 들었다. 잠결에 몸을 뒤척이다 우물에 빠질 뻔한 순간, 행운의 여신이 나타나서 나그네를 깨우고는 말했다.

"만약 당신이 우물에 빠졌다면 당신 잘못은 생각하지도 않고 전부 내 탓으로 돌렸겠지요."

신상을 나르는 당나귀

당나귀가 신상神像을 싣고 가고 있었다. 그것을 본 많은 사람들이 그 앞에 엎드려 경배를 드렸다. 당나귀는 사람들이 자기에게 절을 한다고 생각해서 한껏 우쭐해져서는 큰소리로 울어젖혔다. 그리고 더 이상 앞으로 가려고 하지 않았다. 그러자 몰이꾼이 당나귀가 왜 그러는지를 눈치채고는 채찍으로 세게 내리치며 소리쳤다.

"이 바보 같은 녀석아! 사람들이 너한테 절하는 줄 아는 게냐? 사람들은 신상에 절을 올리는 거야!"

사슴 부자의 대화

새끼 사슴은 아빠 사슴이 이해되지 않았다.

“왜 아빠는 개들을 그렇게 무서워하죠? 아빠가 개들보다 훨씬 더 빨리 달리잖아요. 이렇게 큰 뿔도 있는데, 충분히 그들을 이길 수 있지 않나요?”

아빠 사슴은 설핏 웃으면서 말했다.

“그래, 네 말이 맞을지도 모르지. 하지만 개가 짖는 소리만 들려도 나는 정신없이 도망칠 수밖에 없단다.”

의사와 병자

한 의사가 병자를 꾸준히 치료했지만, 결국 그 병자는 죽고 말았다. 의사는 시체를 내가는 사람들에게 말했다.

"만약 이 사람이 술을 그만 마셨더라면 좋았을 것이오. 관장을 했더라면 살았을 수도 있지요."

그러자 그곳에 있던 한 사람이 말했다.

"의사 양반, 이제 그런 말을 한들 무슨 소용이 있소. 그 말이 꼭 필요할 때는 왜 하지 않은 게요?"

개미와 비둘기

개미가 개울가로 물을 먹으러 갔다가 그만 거친 물살에 휩쓸리게 되었다. 이를 본 비둘기가 얼른 나뭇가지 하나를 던져주었다. 개미는 다행히 그 나뭇가지 위에 올라앉아 살 수 있었다.

얼마 후 사냥꾼이 비둘기를 잡으려고 끈끈이 장대로 비둘기를 덮치고 있었다. 그것을 본 개미가 사냥꾼의 다리를 타고 올라가 목덜미를 꽉 물어버렸다. 사냥꾼은 엄청 고통스러워하며 장대를 집어던졌다. 비둘기는 그 틈을 타 멀리 도망칠 수 있었다.

뱀의 꼬리와 지체

어느 날 뱀의 꼬리가 말했다.

"내가 제일 잘났으니, 내가 몸 전체를 이끌 자격이 충분하다고 생각해."

그러자 다른 지체肢體들이 일제히 말했다.

"네게는 눈도 코도 없는데 어떻게 몸을 이끌겠다는 거야?"

그러나 꼬리를 설득하기는 불가능했다. 결국 꼬리는 맨 앞에서 온몸을 이끌다가 돌이 가득한 구덩이 속으로 빠져버렸다.

온몸에 상처를 입게 되자 꼬리는 애교를 피우면서 머리에게 통사정을 했다.

"주인님, 제가 당신과 다툰 것은 정말 어리석었습니다. 제발 구해 주세요."

두 개의 자루

프로메테우스는 사람에게 두 개의 자루를 매달았다. 하나는 남의 단점이 든 것이고, 다른 하나는 자신의 단점이 든 것이었다.

그런데 남의 단점이 든 자루는 앞에 매달고, 자신의 단점이 든 자루른 뒤에 매달고 말았다. 그래서 사람들은 남의 단점은 금방 잘 보면서도, 자신의 단점은 잘 보지 못하는 것이다.

처음 본 낙타

낙타를 처음 본 사람들은 낙타의 워낙 큰 몸집을 보고 지레 겁을 먹고 도망쳤다. 점차 시간이 지나자 사람들은 낙타가 온순한 동물이라는 것을 알게 되었다. 점점 두려움이 사라지고, 사람들은 낙타에게 가까이 다가가게 되었다.

결국 무슨 짓을 해도 낙타가 화내지 않는다는 것을 알게 된 사람들은, 낙타에게 굴레를 씌운 후에 아이들에게 주어 몰고 다니게 했다.

10장

끝은 운명을 좌우하는 시간

나이팅게일과 제비

제비가 나이팅게일에게 조용히 조언했다.

"나처럼 사람들과 한데 어울려서 살아가는 게 어때?"

나이팅게일은 슬며시 입을 뗐다.

"나는 지난날의 기억이 너무 고통스러워. 그 기억을 절대 다시 떠올리고 싶지 않아. 그래서 이렇게 인적이 드문 곳에서 혼자 살아가는 거야."

개들과 함께 기른 늑대

갓 태어난 새끼 늑대를 발견한 목자는 불쌍한 마음에 새끼 늑대를 집으로 데려와서 개들과 함께 길렀다. 세월이 지나 어느 정도 자라자 새끼 늑대는 다른 늑대들이 양을 물어가면 개들과 함께 쫓아갔다.

개들이 늑대를 끝까지 추격하지 못하는 날에도 새끼 늑대는 끝까지 따라가서는 노략물 일부를 자기 몫으로 챙겨서 먹었다.

늑대가 오지 않는 날도 있었는데, 그러면 새끼 늑대는 몰래 양을 물어 죽여서 개들과 함께 먹었다. 뒤늦게 그런 사실을 알게 된 목자는 결국 그 새끼 늑대의 목을 매달아 죽여버렸다.

쥐와 개구리

개구리가 쥐에게 친구가 되자고 말하며 접근했다. 사실 쥐에게 악의를 품고 있었던 개구리는, 자기 발과 쥐의 발을 한데 묶고는 마구 뛰어다녔다.

처음에는 곡식을 먹자며 땅 위를 헤집고 다니다가 연못가에 이르러서는 쥐를 끌고서 연못의 바닥 깊숙이 들어갔다. 개구리가 이리저리 물속을 휘젓고 다닌 탓에 쥐는 물을 잔뜩 마셨고, 결국 몸이 부풀어올라 물 위로 떠올랐다. 쥐가 죽든 말든 여전히 개구리는 한쪽 발에 묶인 쥐를 놓아주지 않았다.

이때 물에 둥둥 떠다니는 쥐를 본 솔개가 순식간에 낚아챘고, 같이 묶여 있던 개구리도 딸려 올라가게 되었다. 그렇게도 쥐를 괴롭히던 개구리는 결국 솔개의 먹이가 되고 말았다.

당나귀와 수탉과 사자

당나귀와 수탉이 함께 살고 있었다. 사자가 당나귀를 잡아먹으려고 왔다가 수탉이 울자 도망쳤다(사자는 수탉의 울음소리를 무서워한다는 설이 있다). 당나귀는 사자가 자기가 두려워서 도망가는 줄 알고 즉시 사자의 뒤를 쫓아갔다. 한참을 달려 더 이상 수탉이 우는 소리가 들리지 않게 되자마자 사자는 뒤돌아서서 당나귀를 냉큼 잡아먹었다.

당나귀는 죽어가면서 신음했다.

"이렇게 어리석고 한심하다니…. 나를 낳아준 부모는 정말 싸움을 싫어했는데, 나는 왜 이렇게 무모한 싸움에 뛰어들어 이런 죽음을 당한단 말인가?"

벌과 뱀

벌이 끊임없이 뱀의 머리를 쏘아대자 뱀은 극심한 고통에 시달렸다. 그 고통은 이루 말할 수 없었지만, 그렇다고 달리 보복할 방법도 없었다.

결국 뱀은 자기 머리를 수레바퀴 아래로 밀어넣어 벌과 함께 죽고 말았다.

토끼와 거북이

토끼와 거북이의 경주가 시작되었다. 숲속 동물 모두가 이 경기의 어이없는 끝을 짐작했지만, 말리는 이는 아무도 없었다.

토끼는 자기가 빠르다는 것을 잘 알고 있었다. 그래서 한참을 앞서가서는 낮잠을 즐겼다. 느림보 거북이가 언제쯤에나 자기 앞을 지나갈지 가늠도 안 되었기 때문이었다.

거북이도 토끼처럼 자신을 잘 알았다. 자기가 얼마나 느린지 알고 있었기에 거북이는 한시도 쉬지 않고 앞으로 나아갔다.

결국 토끼가 실컷 잠자는 사이, 모두의 예상을 뒤엎고 거북이가 먼저 결승점에 도착했다.

앵무새와 족제비

앵무새는 자유롭게 집안을 날아다니다 화로 위에 올라앉아 유쾌한 목소리로 시끄럽게 조잘대기 시작했다. 그런 모습을 지켜보던 족제비가 물었다.

"넌 대체 뭐야? 어디서 온 거야?"

"주인님이 얼마 전에 나를 데리고 오셨어."

앵무새의 대답에 족제비가 말했다.

"나는 이 집에서 태어났어. 그런 나에게도 주인님은 조용히 하라고 하시는데, 여기 온 지 얼마 되지도 않는 네가 이렇게 시끄럽게 소리를 지르다니! 정말 어이가 없구나."

그러자 앵무새가 말했다.

"너와 내가 비교가 된다고 생각해? 네 목소리는 주인님을 짜증나게 하지만, 내 목소리를 주인님을 행복하게 한다고."

나그네들과 플라타너스

불볕 더위로 뜨겁디 뜨거운 여름날 정오. 녹초가 되어버린 나그네들이 플라타너스 그늘 안으로 들어가 쉬고 있었다. 한 나그네가 나무를 올려다보며 말했다.

"이 나무는 아무 열매도 맺지 못해. 정말 쓸모 없지 않은가?"

플라타너스는 조용히 듣고 있다가 말했다.

"지금 내 그늘에 들어와 편히 쉬고 있으면서 어떻게 내가 열매를 못 맺는다고 험담을 할 수 있지? 은혜를 입고도 전혀 고마움을 모르는군."

벌들과 자고새들과 농부

벌들과 자고새들이 물을 찾지 못해 농부에게 가서 물을 좀 달라고 애원했다.

"목이 너무 말라요. 물을 주시면 일을 도와드릴게요."

자고새들은 포도나무를 심을 때 땅을 파겠다고 했고, 벌들은 포도원에 도둑이 나타나면 침으로 쏘아 내쫓아버리겠다고 했다.

그러자 농부가 말했다.

"너희들이 황소를 아는지 모르겠네. 그들은 나를 위해 조건 없이 무엇이든 다 하거든. 그러니 내가 너희들에게 물을 줘야겠니, 황소에게 물을 줘야겠니?"

이웃사촌 개구리

개구리 두 마리가 이웃해서 살고 있었다. 한 마리는 길에서 멀리 떨어진 연못에서 살고, 다른 한 마리는 길 위에 있는 작은 웅덩이에서 살았다.

연못에 사는 개구리가 웅덩이에 사는 개구리에게 말했다.

"연못으로 와서 나와 같이 사는 게 어때? 연못이 웅덩이보다 덜 위험하고 안전하잖아."

그러나 웅덩이에 살던 개구리는 오랫동안 살아온 익숙한 곳을 떠날 수 없다며 거절했다. 그렇게 계속 웅덩이에 살다가 그 개구리는 결국 지나가던 마차에 깔려 죽고 말았다.

멧돼지와 여우

나무 옆에서 이빨을 갈고 있는 멧돼지를 보고 여우가 물었다.

“사냥꾼이 온 것도 아닌데 왜 그렇게 이빨을 갈고 있어?”

그러자 멧돼지가 대답했다.

“실제로 위험이 닥쳤을 때 이빨을 갈려고 하면 이미 늦어. 미리 준비해 놓아야만 필요할 때 바로 쓸 수 있거든.”

좋은 것들과 나쁜 것들

나쁜 것들에 쫓겨다니는 좋은 것들에게는 힘이 없었다. 하늘로 올라간 그들은 제우스에게 물었다.

"우리가 어떻게 해야 사람들과 같이 살 수 있을까요?"

제우스가 대답했다.

"한꺼번에 가지 말고, 한 번에 하나씩만 가거라."

나쁜 것들은 사람들 가까이에 있어서 한꺼번에 빠르게 몰려온다. 반면, 좋은 것들은 하나씩 내려오기 때문에 드문드문 아주 더디게 온다.

이솝우화 필사

1쇄 발행 2025년 12월 22일

저자 이솝
편역자 윤은숙

펴낸이 김제구
펴낸곳 리즈앤북
표지디자인 김민주
편집디자인 DESIGN MARE

출판등록 제2002-000447호
전화 02-332-4037 팩스 02-332-4031
이메일 ries0730@naver.com
값은 뒤표지에 있습니다.
ISBN 979-11-90741-63-7(03840)